天國的夜市

余光中

三民書局

待飛的巨鷹——《天國的夜市》新版推薦序

陳幸蕙

從一九四八年秋寫下生命中第一首詩〈沙浮投海〉起，至二〇一七年十二月十四日安詳辭世止，創作七十年、成詩逾千首的作家余光中，為這世界留下了二十本真誠書寫的傳世詩集。

《天國的夜市》是這二十本詩集中第三本。

余光中曾以「上游風景」、「早歲的青春桂葉」稱之，因為集中所收六十二首詩均寫於一九五四至一九五六年間，其時，余光中僅二十六、七歲，猶是一名在創作之路上摸索前進的文青。

因係早期作品，半世紀後，站在超卓出眾的詩藝高度，以嚴苛標準自我檢視，年近八旬的余光中，曾毫不留情批評自己這些少作，「句法失之西化」、「讀來水清無魚，平直乏味」、「知性不足」、「題材上也欠廣闊」；而在此之前，當他述及此詩集中〈飲一八四二年葡萄酒〉一詩時更說：

「這首詩學濟慈而不類，空餘浪漫的遐想；換了我中年來寫，自然會聯想到鴉片戰爭。……」（《隔水呼渡・文章與前額並高》）

余光中曾寫過〈放心吧，欽差大臣：焚寄林則徐〉（《夢與地理》）、〈時代之眼：台灣百年身影〉（《太陽點名》）等懷古、詠史詩；鴉片戰爭發生於一八四〇至一八四二年，若中年後再寫此詩，的確，出以靈活詩思和高度歷史感，他必能連結鴉片戰爭與一八四二年葡萄酒，使該詩主題意涵、內容層次更其豐富深刻。

然而，撫今追昔、慨然回顧之餘，眺望上游「煙水茫茫」、嚴格自我檢視的余光中終亦不免認為，對一名才二十多歲、方在詩長征道途上「跨出初步」的青年詩人，實亦不能太過分「苛求」了……。

身為客觀讀者與評者，如今，風簷展卷細讀，寫於余光中三十歲前的《天國的夜市》，與其後來「歲月愈老，繆思愈年輕」之諸詩相較，雖明顯看出詩藝未臻圓熟，但若就集中作品在題材內容的開放性、神來之筆的意象表現，乃至詩中所展現的個人潛力與企圖心來看，則這六十二首青春之作，可謂實已預言了未來，一位「藝術多妻主義者」和卓然成家詩人的誕生。

簡言之，《天國的夜市》題材豐富多元，既秉筆直抒胸臆與日常感懷，更書寫對真理的嚮往，對人間的祝福，對寫作的沉思觀照與信念，對自然、音樂的獨到體會，對惠德曼、雪萊、拜倫等大師的嚮往仰慕等。

其中，不論是聽覺書寫（〈女高音〉），或說霧是「白色的巨魔」（〈霧〉）、說洶湧波浪是「一萬匹飄著白鬣的藍馬」（〈鵝鑾鼻〉），或鮮明具體的比擬隱喻如——「靈魂深紫的窗帷」（〈當寂寞來襲時〉）、「當蚊群舞倦了一夜芭蕾」（〈我不再哭泣〉）、「往事像一隻疾奔的刺蝟」（〈回憶〉）等，都可見一位詩壇新秀在意象上的用心經營。

至於針砭文壇、社會現象的〈批評家〉、〈詩人和花販〉、〈項圈〉諸詩，則尤顯露了余光中早歲犀利機智的鋒芒，為其後來諷刺詩、社會批評詩之先聲。

此外——

〈你是那虹〉與余光中五十四歲所寫〈你是那雲〉（《紫荊賦》），

〈波蘭舞曲〉與其七十一歲所寫〈永念蕭邦〉（《藕神》），

〈白髮〉與其日後多首追懷慈母之親情詩，

〈咪咪的眼睛〉等與其一生持續書寫、吟詠不盡的愛情詩，

——如能前後對照，相與並觀，當更可見詩人終生縈迴在心的創作主題。

《天國的夜市》中共有〈我不再恐懼〉、〈初別〉、〈咪咪的眼睛〉、〈別後〉、〈別時〉、〈你的生日〉、〈靈魂的觸鬚〉等情詩十首，或繾綣浪漫，或超現實，跨時空，忘生死——

你是我夜夜夢途的麥加，
你是我條條思路的羅馬；
你走後台北又沉入寂滅，
沒你的地方都是異域。
……
上次臨別時欠我的一吻，
下次要加倍還我利息！（〈別時〉）

宇宙不過是一面鏡框，
　你是框中的畫像；
其餘的一切都是背景，
　就連星星和太陽。

當宇宙的末日終於來臨
一瞬間熄滅了星光；
你我便暗中緊緊地相擁，
在上帝停電的晚上。（〈宇宙觀・情人的宇宙觀〉）

——漂亮押韻、意象鮮明外，如此前衛新潮，對當前二字頭的千禧世代、年輕族群而言，應亦極富吸引力。

至於書中尤值一提的則是，《天國的夜市》第一首詩、寫於余光中二十五歲的〈鵝鑾鼻〉，曾選入國中國文課本成為教材。

這是余光中第一首燈塔詩，也是他第一首以台灣地景風物為主題的寫景詩，陽剛壯闊，傳誦不衰，開啟了日後他以鮮明強烈情感，就台灣獨特景觀如西螺大橋、青蛙石、阿里山神木、玉山、雪山、觀音山等，藉景抒懷寄意的美麗島詩先河。

在此詩中，余光中曾以「我好像一隻待飛的巨鷹」，喻壯懷千里之遐想；然若細加尋思，則此自喻，又何嘗不是詩人年輕的潛意識裡，企盼於現代詩國度一飛沖天的展望與期許？

恍如預言般，終於，憑藉富厚的中西文學根柢、卓越的個人才華、終生獻身繆思的熱情，以及不斷自我提升、突破、超越的成就動機，和持續創作的馬拉松精神，《天國的夜市》多年後，彼待飛之鳥，實現願景，終成——

展翅遠颺、傲視遼闊詩領域的真正巨鷹！

二〇二〇年農曆春節於新北市新店

新版自序

余光中

《天國的夜市》是我的第三本詩集，所收作品六十多首都寫於一九五四年至一九五六年間，距今已有半個世紀；至於成集出版，也已早在三十五年以前，當然是我的少作了。

我寫散文，比寫詩要晚，但散文的成熟，比詩要快。當初我寫《天國的夜市》，正值二十六、七歲，對英美詩歌已頗熟悉，而且已經開始中譯，所以英詩習用的詩體，例如雙行體 (couplet)、四行體 (quatrain)，尤其是歌謠體 (ballad stanza)，都用到中文裡來。本書中〈當寂寞來襲時〉便是一首變體的義大利十四行詩，可惜末二行互相押韻，破了體裁。〈飲一八四二年葡萄酒〉像一首浪漫的頌歌 (ode)，不掩仿效濟慈的痕跡。至於〈給惠德曼〉，雖然押了韻，卻也看得出有意學惠德曼奔放的長句。

儘管如此，二十多歲的我詩藝迄未成熟。對英詩的吸收尚在摹仿的淺境，以致句法失之西化，寫的句子還是「主詞、及物動詞、受詞」的公式順序，讀來水清無魚，平直乏味。唐詩宋詞雖然頗多體會，但是尚未悟出新詩正如古詩，一句話裡大可省去主詞，尤其是第一人稱的「我」，而句法呢，有時順句不如倒裝有力，連句不如插句多姿。其實，一直要到《蓮的聯想》，我才充分悟出此理。

另一方面，當年《天國的夜市》在題材上也欠廣闊，不過對一個二十多歲的青年詩人而言，也不能苛求了。大致上，書中的作品多為抒情，但知性不足。可是在抒情之餘興而還寫了一些諷刺詩，例如〈批評家〉、〈項圈〉、〈偶像〉、〈給某批評家〉、〈腐儒〉等作，儘管未成氣候，總算為日後的諷刺之作跨出了初步。

再長的江河終必要入海
河水不回頭，而河長在

為了自己的七旬生日，我曾寫這首〈七十自喻〉。四十年後回顧這本少作，煙水茫茫，竟像是上游的風景了。河水固然回不了頭，但上游的淙淙又何曾能預見今日的下游？時光如水，上游漂來的是這隻紙船麼？

民國九十三年十二月於西子灣

攝於廣西桂林樂滿地渡假村　民國九十年九月十三日

攝於南京燕子磯長江邊　民國九十年十月六日

目次

待飛的巨鷹——《天國的夜市》新版推薦序

新版自序

鵝鑾鼻……1

十字架……4

向我的鋼筆致敬……6

給劉鎏……8

永恆……11

枕畔聽啼鳥……12

我的小屋……16

自由的衛士——拜倫逝世百三十週年紀念……19

回憶……21

我不再哭泣……22
女高音……24
逼視……26
給寂寞……27
聽鋼琴有憶……28
宇宙觀……31
批評家……34
我不再恐懼……35
傑作的產生……37
夜歸……39
新月和孤星……41
給惠德曼——Walt Whitman誕生百卅五週年紀念……43
孤螢……48
項圈……49

如果……51
雕像……52
鋼琴演奏會……53
偶像……54
錯字……56
希望……57
午寐……58
記憶……59
詩……60
我的眼睛……61
初別……62
咪咪的眼睛……64
離別……66
別後……67

別時……69
歸吻……71
雲……73
給某批評家……76
郵票……77
諷刺詩……79
詩人和花販——給夏菁……81
山霧……82
霧……84
飲一八四二年葡萄酒……86
你的生日……89
靈魂的觸鬚……90
水手的日記……91
當寂寞來襲時……93

你是那虹……95
現實……97
巨鷹之影……98
白髮……99
暮立……101
初秋……103
失樂園……106
天國的夜市……108
腐儒……110
方向……111
波蘭舞曲……112
後記
附錄：台灣頌——〈鵝鑾鼻〉賞析

我仰窺九月燦爛的星空
神馳於天國繁華的夜市
一彎玲瓏的岡舵拉泊在
海上的威尼斯

——余光中

鵝鑾鼻

我站在巍巍的燈塔尖頂，
俯視著一片藍色的蒼茫。
在我的面前無盡地翻滾
整個太平洋洶湧的波浪。
一萬匹飄著白鬣的藍馬，
呼嘯著，疾奔過我的腳下，
這匹銜著那匹的尾巴，
直奔向冥冥，寞寞的天涯。
浩浩的天風從背後撲來，
將我的亂髮向前撕開；
我好像一隻待飛的巨鷹，

張翅要衝下浮晃的大海。
於是我也像崖頂的巨鷹，
俯視迷濛的八荒九垓：
向北看，北方是濃鬱的森林；
向南看，南極是灰色的雲陣，
一堆一堆沉重的暮靄
壓住浮動的海水，向西橫陳，
遮斷冬晚的落日，冬晚的星星，
遮斷渺渺的眺望，眺望崑崙——
驀然，看，一片光從我的腳下
旋向四方，水面轟地照亮；
一聲歡呼，所有的海客與舟子，
所有魚龍，都欣然向台灣仰望。

民國四十二年十二月九日

（編按：「此詩末五行乃作者修訂後之版本，原作『像一張垂死，蒼白的巨臉，／閉上了眼睛，再沒有任何表情。』二句」。）

十字架

一座白色的石十字架
矗立在那邊教堂的塔峰，
撐住了滿天沉重的烏雲，
俯視在罪惡的都市上空。

像一枝安詳，潔白的花朵，
抽長在泥污，黑暗的池心；
又像是人類求援的手臂，
掙扎著，伸向渺遠的天頂。

在這暴風雨將襲的黃昏，
我獨立在窗前向你祈禱：
啊！
你這面代表真理的大旗，
請你要永遠將我引導！

民國四十三年二月十日

向我的鋼筆致敬

從心底走到紙面的長征
是世上最為崎嶇的道路，
但是除了你，親愛的同伴，
有誰曾共嘗我跋涉的辛苦？

當我們的作品躍現在報上，
別人只看見黑色的油墨，
他們看不見我紅色的心血，
也不見你流的藍色的汗液。

命運壓扁了我的鼻子，
但是磨銳了你的舌尖。
我一切一切失敗的眼淚
都被你寫成勝利的詩篇。

你原是一支平凡的鋼筆，
可是你為我贏得了榮光；
我願意佩你在我的胸前，
甚於佩一枚上將的勳章。

二月十三日

給劉鎏

你和我原是雙生的靈魂，
但不知誰是母親，
一對從小就分散的兄弟，
生長在兩個家庭。

直到去年我和你相見，
才發現相同的血胤；
我靈魂和你的一樣的美麗，
雖然你面貌略為高明。

沒你的日子像沒劍的劍鞘，
是多麼空虛而悠長！
我變成一個精神的殘廢，
找不到精神的手杖。

精采的笑話，神祕的感覺，
在胸中不斷地滋長，
但是照不到你溫暖的微笑，
又紛紛在心谷凍僵。

讓我們作一次靈魂的擁抱，
像一座精神的堡壘；
屹立在動盪的十字街頭，
抵抗侵略的社會。

我們要堅守真理的陣地，
一寸也不能撤退！
回答我，劉鑾，親愛的兄弟，
回答我，對也不對？

二月十三日

永恆

永恆是一個回教的美女，
用一層面紗將明眸遮蓋；
只有天才靈感的手指
才敢大膽地將它掀開。

但是她生來神祕而害羞，
不肯常常和情人幽會；
天才每夜去她的樓下，
都難於將她的面龐偷窺。

二月二十六夜

枕畔聽啼鳥

一隻害羞的，早起的小鳥
用怯生生的招呼將我喚醒。
牠的啼聲在沉寂的春晨，
像黃昏湧現的第一顆星星。
我仰臥在枕上靜靜地聽牠
小小的舌尖上開謝著白花。
不久飛來了第二隻歌手，
和牠在枝上一問一答；

但是好奇的第二隻小鳥
問來問去有無盡的問題，
於是第三，第四隻同伴
都飛來問牠問什麼東西，
第五，第六，第七隻小鳥
也飛來我園裡參加熱鬧，
直到滿園的小鳥都醒來，
每一位都向鄰居問好。
我似乎仰見午夜的晴空，
有燦爛的群星閃閃照耀：

有的鳥守在枝頭唱歌，
像無數恆星閃爍在天河；
有的鳥在樹間來回地跳動，
像無數行星緩飛在太空；

偶而一隻鳥掠過我窗前，
像一顆曳著歌聲的流星；
偶而一群鳥梳過我窗前，
像一把彗星掃過了天頂；

偶而一隻鳥像一顆隕石，
直落到我床邊朦朧的窗台，

啾啾啾啾像對我訴說，
園中的曙色是多麼可愛。

我在星空下慢慢地徘徊，
仰望著群星，不忍離開，
直到紅日照亮了晴空，
唱歌的星星漸漸地消溶。

三月十五日

我的小屋

到秋天，我要感謝自己的小屋：
它為我撐住這滿天的烏雲，
這許多龐大而沉重的烏雲，
一步，一步，壓向我頭頂。

我就在這座小小的屋裡，
沉思，做夢，看書和回憶；
自然我還要默默地寫詩。
我被困在這座小小的圍城，
而我的詩篇好像小鳥，
一隻，一隻，衝出了雲陣。

我的小屋是我的蚌殼，
讓我像一粒珍珠，在裡面藏躲，
我聽見海潮在外面流過。
我不想出去乘風破浪，
我知道潮水不久會消退，
所以我安於裡面的寂寞。

我想我是對的，潮水要退的。
潮水退後的沙灘上面，
有許多破了的船兒擱淺。
而我在殼裡默默地成長，
讓蚌殼孕著我溫暖的光。
我想我是對的，潮水要退的。

但願沒有多事的漁夫
把我賣給愛嬌的貴婦。
讓我作一顆沉默的珍珠，
我安於我這寂寞的小屋。

三月十七日

自由的衛士

——拜倫逝世百三十週年紀念

他們說你是個不忠的情人；
但是你忠於自由女神，
你為她決鬥，死在希臘，
臨終時還發出前進的呼聲。

威靈頓，卡梭里，梅特涅克，
和蹂躪希臘的土耳其大軍，
都已經靜靜地躺在墓裡，
不能夠再作自由的罪人。

但如今自由的空前大敵
要奴役中華，東方的希臘。
誰想到同情暴徒的掌聲
卻響自自由的衛士之家！

邱吉爾，艾德里，伊麗莎白，
何顏去見你的石十字架？
我不知他們將如何祭你：
用自由的殘燼，自由的落花？

只有為自由而戰的我們
才能在異域為你招魂；
自由在招手召你歸來，
來加入我們的堂堂之陣。

四月十九日

回憶

當我傍晚在河邊走過，
或是深夜在房中獨坐，
往事像一隻疾奔的刺蝟，
忽然闖進了我的心窩。

於是我憶起你喚我的聲音，
和喚時你那安詳的微笑，
像貶落人間的亞當憶起
伊甸園裡啼鳥的春朝。

四月十四夜

我不再哭泣

在那漫長的，失眠的夜裡，
我不再哭泣，我不再哭泣。
在那漫長的，失眠的夜裡，
當牆上壁虎那冷冷的目光
和我的沉鬱的目光相遇；
當池畔的合唱已近尾聲，
只餘下獨蛙在自言自語；
當火螢擎一支昏黃的小燭，
像要把失落的記憶尋覓；
當蚊群舞倦了一夜芭蕾，
在破曙之前回去休息；

在那漫長的，失眠的夜裡，
我不再，不再哭泣。
靈魂有過深，過深的傷痕，
不能用太燙的淚水浸潤，
不能用太淺的淚水探測，
不能用太淡的淚水沖洗。
在那漫長的，失眠的夜裡，
我不再，不再哭泣。

四月二十五日

女高音

一隻雲雀自地平線湧起，
緩緩地，盤旋在西方的天際。
牠悠悠地飛下，又舒舒地飛上，
如片帆飄浮於微波的海洋。
那一片遼闊而溫暖的洋水
盪得牠懶懶地，有些微醉。
不久海上吹起了巨風；
一波接一波向前洶湧。

忽然牠振翅向天頂疾升，
疾升，疾升，要直叩天堂的大門！

那麼遠，那麼高，那麼渺小！
昂起頭幾乎都追眺不著。

轉瞬在太空牠息下了翅膀，
翻一個筋斗向下界飛降。

但是還不曾觸到平地，
拍一拍雙翼，又緩緩地飛起。

哦，緩緩地，緩緩地，飛回西方，
漸沒於黃昏那無邊的蒼茫。

四月二十七夜

逼視

我逼視你這清澄的眸子，
　照見了憂鬱的自己，
落寞地映在你平靜的水面，
　像映在深邃的井底。

他們說眸子是靈魂的窗子。
我在你窗前佇立，
驚異地發現我自己的縮影
原來隱居在房裡。

五月一日

給寂寞

蓋一座宏偉的王宮，寂寞，
　讓我的靈魂居住；
你可以用希望做你的天窗，
　驕傲做你的支柱。

但願沒有討厭的俗客
　來驚破我的安詳，
只要靈感，永恆的使臣，
　偶然來宮中拜訪。

五月三日

聽鋼琴有憶

傍晚我沿著曲折的幽徑，
向深林的深處緩緩獨行。
路邊的小鳥殷勤地問我：
日暮時來林中尋找什麼？
「我不曾尋找，我不曾遺失，
我不過乘興遨遊來此。」
於是我繼續向前面漫行，
被藏在暗處的水聲誘引。

漸漸我覺得那潺潺的流泉
好像在哪兒我曾經聽見。

再向前走不到幾步，我想，
就能夠嗅到一陣清香。

是嗎？我如此迷惘地問著自己：
心裡冒起了一陣陣驚疑。

忽然我踩到了一條樹根，
一陣震顫麻過我全身。

我霍地停步，我轉身回顧，
是的，就是這路旁的這棵巨樹！

就是在此地！就是在此地！
就是在此地我常來哭泣！
發狂地我奔過前面的彎路，
在一座小十字架前停住！

五月三日

宇宙觀

蒼蠅的宇宙觀

在一根滾動的輪軸上面，
　歡唱著一隻蒼蠅：
「看喲，看喲，整個的宇宙
　都繞著我在運行！」

羅馬教堂裡有一位哲人
　對許多蒼蠅說道：
「是的，我承認窗外的太陽
　確是將我們飛繞！」

蚊子的宇宙觀

牛頓爵士站立在台上，
　對台下的學生說道：
「地球面上的蘋果和其他
都給它引力吸牢。」

在桌下聽講的一隻蚊蟲
　大大地感到不服；
他挑戰地飛過牛頓的面前，
「看它可吸得我住！」

情人的宇宙觀

宇宙不過是一面鏡框，
　你是框中的畫像；
其餘的一切都是背景，
　就連星星和太陽。

當宇宙的末日終於來臨，
　一瞬間熄滅了星光；
你我便暗中緊緊地相擁，
　在上帝停電的晚上。

五月四日

批評家

他們說批評家是理髮師：
　他把多餘的剪光，
然後把餘下的加以整理，
　用香膏沐得閃亮。

在奧古斯都和盛唐的時代，
　那情形應該是這樣；
但如果進店的多半是禿子，
　我同情理髮這一行。

五月五日

我不再恐懼

當我們牽手漫步在林中，
或是盪舟在星夜的水面；
當兩個焦渴的孿生靈魂
從心底直升到相吻的唇邊，
深深地吸飲著甘泉；

我不再惶惑，我不再憂慮，
我不再恐懼地震和狂風，
我不再恐懼末日的降臨，
當一切都毀於海嘯和山崩，
當一切都驟然消溶。

在你那溫柔的懷裡死去，
是多麼地安詳，多麼歡暢！
幸福的是那沉酣的蜜蜂，
當牠醉死在花瓣的中央，
讓蜜汁流滿了心房。

五月六日

傑作的產生

命運是一尊堅強的鐵匠，
掄一把痛苦的巨錘，
日夜猛擊在天才的心上，
要將它敲成粉碎。

可是天才的心是一座鐵砧，
給鐵錘愈敲愈緊，
在暗中它不曾怯懦地躲閃，
只迸出反抗的火星。

一把一把斷了的鐵鎚，
換了一根又一根。
最後倒下了力盡的鐵匠，
一件鐵器已打成！

五月六日

夜歸

一顆乍明乍滅的孤星
在洶湧的暗空獨自掙泳。
最後它力盡地向我揮手，
轉瞬已溺入深闊的烏雲。

於是無論上方或下界，
整個宇宙都捉不到亮光。
我已經迷路於黑夜的血管，
盲目地，摸向黑夜的心臟。

但是不久從深邃的草底，
驀地迸出了一閃流螢，
為我擎一支清冷的殘燭，
殷勤地照著我的歸程。

五月八日

新月和孤星

像一隻寂寞的鷗鳥
　追著海上的帆船，
像一隻金色的蜜蜂
戀著清香的花瓣；

也沒有親近的擁吻，
　只有深深的感受；
也沒有海誓和山盟，
只有默默的廝守；

直守到暗夜的盡頭，
望瘦了容光如許；
才黯然地一同殉情，
溺在黎明的光裡。

五月十四日

給惠德曼

——Walt Whitman誕生百卅五週年紀念

惠德曼，你民主的詩人！
二十世紀需要你雄壯的歌聲！
這民主的暗夜的二十世紀，
當自由女神那微弱的火光
已經照不到大半個地球，
照不到受難者臉上的痛苦和絕望。
惠德曼，你民主的詩人！
二十世紀需要你嘹亮的歌聲！

是你第一個從古代的夢裡醒來，
像赫九力士，你奮臂掙扎，
掙扎，掙扎，把舊的詩律掙開；
當沉重的鐵鏈砉然墜地，
同時便墜下了新詩那健壯的嬰孩。
是你第一個從古代的夢裡醒來，
你，站在你新詩的天文台上，
發現了整座的銀河——人民，
發現這新的銀河是轉動著宇宙的軸心，
像哥白尼和加里略
發現了太陽在太陽系的中央，
發現了是地球環繞著太陽。
是你第一個在新詩的曠野
發現了人，人和他自己，

於是你大聲地歌頌自己，
歌頌自尊而自由的個人。
在這充滿了歌頌別人的二十世紀，
這該是多麼可貴的有力的歌聲！

是你第一個警告這萬物之靈的人類，
你逼著我們問：「靈在哪裡？」
是因為動物不會向同類下跪，
而人會跪向別人，或是要別人跪向自己？
是因為動物不會在白天虛偽地裝笑？
是因為動物不會在夜間慚愧地悲泣？

惠德曼，你民主的詩人！
詩中的哥白尼，詩中的林肯！
二十世紀需要你粗獷的呼聲！
暴君們怕聽你預言般的警告，
像黑夜將盡的幢幢鬼影
怕聽那一聲聲啼雞催曉。

吼吧，惠德曼！你人民的歌手！
吼醒二十世紀這一場惡夢！
讓二十世紀充滿了你的怒吼，
像枯萎的秋林掃過了一陣西風！

惠德曼，你民主的詩人！
二十世紀需要你嘹亮的歌聲！
你的呼吸是澎湃的大海。
像華茲華斯呼密爾頓歸來，
我站在二十世紀的岸邊呼你：
歸來吧，惠德曼！回到這二十世紀！

五月十六日

孤螢

當黑夜征服了上界的星河，
　征服了下界的群山，
你獨自擎一支小小的火把，
　向黑夜的帝國挑戰！

我，萬物之靈的我應向你學習，
　像我要學習伏爾泰，
像我要學習普羅米修斯，
　學習布魯諾和雪萊。

五月十七日

項圈

張瑪麗小姐在街上散步，
背後牽一頭愛犬。
遇見李露西也牽一頭走來，
兩人便停步寒暄。

瑪麗的愛犬也走上前去，
和露西的愛犬交際。
露西的愛犬問牠的項圈，
是銅的，還是金的。

「銅的，」瑪麗的愛犬回答。
「銅的！我的是金的！」
露西的愛犬聳一聳肩頭走開，
「而且是美國製的！」

五月二十日

如果

如果有一天你別我而去，
去到我不能追尋的地方，
這世界將變成多麼的陌生！
多麼的寂寞，多麼荒涼！

於是我好像獨自站在
一個雨夜的火車站上，
最後一班的火車已開走，
站上的客人也已散光。

五月二十二日

雕像

你這尊垂頭凝視的雕像，
為何你總是欲言又止？
難道一切的歎息和眼淚
都說不出你深沉的哀思？

可是在你那石軀的裡面
久孕著滿腔火熱的言語？
但是你嘴唇早已僵硬，
你只好將它壓在心裡。

五月二十三日

鋼琴演奏會

音樂有一隻神妙的手，
比母親的還要溫柔。
它輕輕，輕輕地撫摸你頭髮，
使你感動得淚下。

哭吧！一切一切寂寞的孤兒，
埋在她懷裡默泣！
每一個痛苦而徬徨的靈魂，
都會受她的愛惜。

五月二十三日

偶像

將你對偶像過分的崇拜
留一份下來尊敬你自己。
與其多一個虛偽的權威，
不如多一人瞥見真理。

你跪在巍巍的偶像腳下，
低頭去俯吻他的腳尖；
但是你不曾舉頭仰視，
就仰視也看不清他的臉。

如果有一天你站直了自己，
或是走上了智慧的石級，
你將要如此，如此的訝異——
也許你發現他的大嘴，
也許你發現他的近視，
也許你發現他戴了面具，
也許……也許……
總之你將要惆悵而驚奇。

而現在，因為你伏在他的腳下，
只看見他的像座，他的腳指，
只看見他的鼻孔，他的下巴，
你幻想他是如此，如此的偉大，
你仰視看不見他的假髮。

五月二十六日

錯字

每當我看見自己的新作
赫然躍現在早晨的報上，
我得意的有如一個孩子，
為自己的靈魂披上了新裝。

忽然我發現有一個錯字
刺眼地閃出了我的詩行，
於是我懊惱得像當眾發現
有一粒褲鈕忘記扣上。

六月八日

希望

一匹永不休息的神駒
馱著我和我沉重的過去，
衝過了秒分時日和年代，
直奔向地平線上的未來。

愈走愈沉是過去的壓力，
但愈馳愈健是牠的四蹄。
我騎牠奔到了地平線上，
另一條地平線又伸在遠方。

六月二十日

午寐

夏午侵略我肉體的國土，
一寸，一寸，逼近我首都；
終於我完全失去了自己，
和混沌的宇宙合為一體。

我即宇宙，宇宙即我，
宇宙因我的加入而增多，
直到蟬聲刺進了窗來，
將我和宇宙重新切開。

七月十日

記憶

記憶深藏在靈魂的洞裡，
像一隻怯光的蝙蝠；
但是到暮色漸濃的黃昏，
便潛出洞來飛舞。

人們的耳朵不能夠聽見
牠那痛苦的尖叫，
也無法張網去將牠捕捉，
不讓牠飛回舊巢。

八月初

詩

詩是靈魂的一封短信，
寄給自己的親戚，
傾談自己最近的旅行，
一個神祕的消息。

無論他是去地獄探險，
或是去天堂遊歷，
當時途中的奇妙經驗，
他完全記在信裡。

八月初

我的眼睛

往日在這清湛的池心，
你時時來俯窺自己的倒影。
你笑時倒影也隨著微笑，
清湛的池水更明亮了。

但如今在這寥廓的池面，
終日只映現遠方的白雲，
和飛向遠方的自由的小鳥，
和夜裡更遠，更遠的星星。

八月二十六日

初別

一顆晚星忍泣在西方，
濕濕的，含著晶亮的淚光。
這別後第一個寧靜的黃昏，
我怎能，怎能遺忘！

我依稀還嗅到你的髮香，
依稀還聽見你的聲響；
別時的記憶像受傷的小鳥，
在我的心裡怯怯地窩藏。

我怎能遺忘昨晚的此刻，
你的叮嚀繞在我耳旁：
「等明日第一顆晚星出現，
讓我們互相，互相地懷想。」

十月十七日

咪咪的眼睛

咪咪的眼睛是一對小鳥，
輕捷地拍著細長的睫毛，
一會兒飛遠，一會兒飛近，
纖纖的翅膀搧個不停。

但它們最愛飛來我臉上，
默默脈脈地盤旋著下降；
在我的臉上久久地棲息，
不時撲一撲纖纖的柔羽。

直到我吻著了我的咪咪，
它們才合攏飛倦的雙翼，
不再去空中飛，飛，飛，
只靜靜，靜靜地睡在窩裡。

十月十八日

離別

別後的三天是回憶的日子，
籠罩著上次離別的陰影；
但約前的三天是三朵白雲，
漸漸染上了朝陽的紅暈。

只有見面的日子是曇花，
開在時間荒漠的沙磧，
但轉瞬被離別的手指摘下，
默默地夾進日記本裡。

十月二十七日

別後

在車站目送你走後歸來，
我久久，久久地不能成寐：
原來載你去遠方的火車
還未曾開出我的心裡。

一節一節沉重的車廂
軋軋，軋軋，輾過我心上；
你出現在每節車廂的窗口，
黯然的臉上閃著淚光。

於是整夜那沉重的火車
拖著尖銳而悠長的悲鳴
輾過去，輾碎我已經破碎的心，
也輾碎今晚我的夢境。

十月二十九日

別時

一半的日子在整理回想，
一半的日子在編織期望；
別後的每秒都不是現在，
我僅僅夢遊於往昔和未來。

你是我夜夜夢途的麥加，
你是我條條思路的羅馬；
你走後台北又沉入寂滅，
沒你的地方都是異域。

來信吧，請多寫幾頁，
告訴我一些故鄉的消息。
上次臨別時欠我的一吻，
下次要加倍還我利息！

十二月九日

歸吻

歸自驚波怒濤的海外，
流浪的靈魂終於進港。
岸上那兩座久別的燈塔
在霧裡透出朦朧的幽光，
指引著我的歸航。

緩緩駛過了港口的岩壁，
把鐵錨深深地拋在灣裡；
當歸舟緊傍著岸邊泊下，
這一片沙灘是多麼柔細！
任遊子回來休息。

海上經歷的狂風暴雨
在這一剎那已全被遺忘；
漸漸那岸上的兩座燈塔
熄滅了霧裡閃爍的微芒，
湧出了兩滴星光。

民國四十四年三月三十一日

雲

熱帶的六月，雲群在海上出遊的季節，
我仰望太空，驚異於宇宙豐富的幻想。
一朵一朵明亮的雲，是靈感？是希望？
飄過了宇宙的腦際，逝向遠方，
　讓追逐的小鳥空自惆悵。

六月的雲群，在高空緩緩，緩緩地飛行，
一隻隨一隻，像懷孕的乳白色的天鵝，
懶懶地張合著她們龐然透明的柔羽，
在萬里無風的大氣裡悠然浮過，
　從容得激不起一痕微波。

微風的纖手牽開了天堂絢爛的窗帷，
引得地面的小鳥，每早都舉目仰眺；
激動的童心疑惑那上面有更好的果園，
便懷著滿腔的驚奇，向高空飛躍，
　去探尋一座座燦潔的光島。

有時萬里的晴空，一片青色的濛濛，
轉瞬有千萬朵鮮白的芙蓉相繼盛開，
但不久又被天國的園丁一一摘下，
怕它們繼續堆擁，將樂園的大門遮蓋，
　上帝午睡起走不出來。

熱帶的六月，原是雲群結伴出遊的假日：
你看她們三三五五，在太虛徜徉，漫步，
有時又相擁竊語，有時又曳裾追逐，
在黃昏的歸途，又被晚山將彩裙絆住，
抖落了幾顆晶亮的珍珠。

我仰望太空，那許多五色變幻的魔島。
啊，我憶起，那上面原是我靈感的搖籃；
我的心自胸中迸出，化成了一隻雲鳥，
曳一串歡悅的歌聲，向上縱跳，
再不肯回到我凡軀的舊巢。

六月五日

給某批評家

初見你這張吞象的巨口，
我曾經幻想其中的深廣。
不幸你後來每次張嘴，
總讓人直窺見你的肚腸——

既無黑墨汁，也無藍墨水，
你患的原來是營養不良。
而你偏偏愛隨地吐痰，
以表示你的慷慨大量。

六月十六日

郵票

一張嬌小的綠色的魔氈，
　你能夠日飛千里；
你的乘客是沉重的戀愛，
　和寬厚的友誼。

兩個靈魂是你的驛站，
　你終年在其間跋涉；
直到他們有一天相逢，
　你才能休息片刻。

何時你回到天方的故國，
　重歸你魔師的手裡？
而朋友和情人也不再分別，
　永遠相聚在一起。

六月二十五日

諷刺詩

文學史家說可愛的女人
曾經是詩人靈感的泉源，
但他們忘記可惡的男人
也會激起諷刺的詩篇。

這並不能夠證明，佛洛依德，
異性則相引，同性則相斥。
有一些所謂女作家的倩影
只能夠使我做江淹，而非但丁。

在這低級趣味橫行的時代，
我們需要諷刺的天才。
文藝女神啊，請賜給我們
十個頗普和十個拜倫！

八月十二日

詩人和花販

——給夏菁

莫向我訴說天才的詩章
竟然是如此的賤價：
這世界原來是一個菜場，
誰教你菜市來賣花？

蘿蔔，芋頭，冬瓜和青菜，
最受市場的歡迎；
你這位花販偏偏只出賣
百合和康乃馨。

八月二十一日

山霧

陰陰的夏木晚浴淋罷，
飄出了一陣陣清爽的髮香。
是誰的魔手緩緩地牽起，
緩緩地為她們牽起了白帳？

渺渺的山影已漸漸入夢，
上下是一片乳白的蒼茫；
再沒有片羽划過太空，
或是脆歌擲到我耳旁。

我獨立在一顆混沌的星上，
像伊甸園裡初醒的亞當：
未來還渺茫，過去已遺忘，
目前是禁果誘鼻的清香！

八月二十六日

霧

是誰拔開了天方漁人的小瓶，
放出這白色的巨魔？
看！他變幻的軀體冉冉上升，
將近樹遠山都吞沒！

一覺小寐已睡了三百多年，
他開始懶懶地欠伸；
一隻龐然的巨掌緩緩垂下，
遮幽了台北全城。

但這是夏晨，他畢竟睡意猶濃，
　撐不起他的身體；
於是一寸，一寸，又開始縮進
　一支神妙的瓶裡。

九月七日

飲一八四二年葡萄酒

晚春某夜，偕夏菁、敬義往謁梁實秋先生。言談甚歡，主人以酒饗客。余畏白蘭地味濃，梁公乃出所藏一八四二年葡萄酒飲予。酒味芳醇，古意盎然，遂有感賦此。

何等芳醇而又鮮紅的葡萄的血液！
如此暖暖地，緩緩地注入了我的胸膛，
使我歡愉的心中孕滿了南歐的夏夜，
孕滿了地中海岸邊金黃色的陽光，
　和普羅汪斯夜鶯的歌唱。
當纖纖的手指將你們初次從枝頭摘下，
圓潤而豐滿，飽孕著生命緋色的血漿，

白朗寧和伊麗莎白還不曾私奔過海峽，
但馬佐卡島上已棲息喬治桑和蕭邦，
　雪萊初躺在濟慈的墓旁。

那時你們正纍纍倒垂，在葡萄架頂，
被對岸非洲吹來的暖風拂得微微擺盪；
到夜裡，更默然仰望著南歐的繁星，
也許還有人相會在架底，就著星光，
　吮飲甜於我杯中的甘釀。

也許，啊，也許有一顆熟透的葡萄
因不勝蜜汁的重負而悄然墜下，
驚動吻中的人影，引他們相視一笑，
聽遠處是誰歌小夜曲，是誰伴吉他；
　生命在暖密的夏夜開花。

但是這一切都已經隨那個夏季枯萎。
數萬里外，一百年前，他人的往事
除了微醉的我，還有誰知道？還有誰
能追憶那一座墓裡埋著採摘的手指？
　她寧貼的愛撫早已消逝！

一切都逝了，只有我掌中的這只魔杯
還盛著一世紀前異國的春晚和夏晨！
青紫色的僵屍早已腐朽，化成了草灰，
而遺下的血液仍如此鮮紅，尚有餘溫
　來染濕東方少年的嘴唇。

九月二十九日夜

你的生日

為何你一年比一年年輕，
一年比一年可愛？
我揉著向你注視的眼睛，
驚訝於你的光彩。

一定是向前疾飛的時間
瞥見你誘人的面容，
竟愕然迴羽繞著你飛旋，
如一隻忘返的蜜蜂。

十一月十日

靈魂的觸鬚

當你愛我時，你的眼睛
便時時來尋找我的；
當你恨我時，你的眼睛
便留心將我的躲避。

這一對淡褐的敏感的眸子
原是你靈魂的觸鬚，
從它們的方向我可以探知
你靈魂每刻的消息。

十一月十日

水手的日記

星期一我駛出你安靜的深港，
心怯地，獨立在船尾悵望。

星期二我回顧已不見陸地，
只有星，只有雲，只有冬夕。

星期三我駛入險惡的遠海，
暴風雨成群地向我襲來。

星期四有一隻白鷗來繞船，
暗示我海岸已經不遠。

星期五陸地已在望，孤蓬
裝滿了一陣陣柔和的晚風。
星期六我重新駛入你臂彎，
把疲倦的靈魂泊在你唇岸。
回憶一星期所經歷的流浪，
比猶力西斯的歸途還悠長。

十二月二十日

當寂寞來襲時

當寂寞來襲時，我閉上了眼睛，
在疏星的晚空下低喚著你的名字；
拉下了靈魂深紫的窗帷向內返視，
我重新清晰地窺見了你的面影：
一對淡褐的眸子像孿生的精靈，
躲在天堂的窗後正向我暗做手勢；
栗色的長髮掩住白如象牙的頸子，
半似誘惑又半似拒絕我的嘴唇。
啊，下午我分明在車站為你送行，
悵望那長嘯的怪獸攫你而去。

為何你每次剛自我眼中消隱，
便立刻又逃回我心裡來潛居？
只是此時你臉色黯然，欲語無聲，
像西天日落，東方浮現的月輪。

十二月二十六日

你是那虹

你是那虹，那七彩的斷虹，
　垂落在驚疑的太空；
一種不能夠重現的奇蹟，
使我深深地感動。

你是那虹，那七彩的斷虹，
　安慰著雨後的灰穹；
你給人間以太多的顏色，
更顯得塵世的貧窮。

你是那虹，那七彩的斷虹，
　兩端都消失在雲中；
如此地難以攀登而捕捉，
　神祕的是你的行蹤。

你是那虹，那七彩的斷虹，
　那天使的飄帶臨風；
你為我證明天國的存在，
　於短短的一瞬之中。

三月三十日

現實

每一座昂首奔來的波浪
都舉起自己潔白的希望，
但轉瞬便撞碎在猙獰的石壁，
悵然發出沉重的歎息。

但背後繼續衝上的怒潮
並不曾因此而畏縮，徬徨。
一世紀，十世紀，頑石讓步了，
石上刻下了海的力量！

四月三日

巨鷹之影

一隻疾鷹掠過太陽的王座，
竟投影在我的身上！
他黑色的巨翅造成了日蝕，
攫去我一瞬的陽光。

於是步行者淡淡的悲哀
充滿了我的胸膛，
而我被囚於凡軀的雄心
又嚮往藍色的空曠。

四月二十五日

白髮

這是母親的一縷白髮，
疲倦地伏在我掌上。
如此纖細的弱絲已經
縛不住時間的翅膀，

但是它依然緊緊地繫住
我泊於夢境的童心；
它引我重訪深邃的記憶，
像一條曲折的幽徑。

多麼古老的記憶！像人類
回想伊甸園的晨霧。
我恍如秋日瓶中的插花，
在懷念四月的泥土。

往日我曾為少女的雲鬢
哭暗了眼中的亮光，
但如今一彎白髮卻激起
我更深的悵惘。

正如一張野心勃勃的幼葉，
從地下直爬上樹尖，
等到捕倦了空幻的雲影，
又落回樹根來安眠。

四月二十六日

暮立

微倦的海浪都轉過身來，
向遠處緩緩地仰泳；
一隻白鷗追過去，牠獨自
散步於空曠的萬頃。

一定是有一隻無形的巨手
在拉下宇宙的窗帷。
一瞬間天地將完全閉攏，
只留下數孔可窺——

只留下幾個疏落的星孔，
讓我們久久仰望，
而猜想天壁外面的世界
依舊是一片亮光。

六月二十八日

初秋

當清秋侵略早晨和黃昏，
殘夏便退守中午。
回憶這王朝往昔的盛況，
使我們深感淒楚。

先是我們窺見了夏的側面，
然後又悵望他背影。
繼這位酩酊的朋友而來的
是一個嚴肅的生人。

如今宇宙是寬闊得多了：
　我們有足夠的空間
讓雲遊，讓鳥飛，讓一切聲響
　曳餘音在空際迴旋。

一切都似乎已和我疏遠，
　當我佇立在橋頭，
驚異於許多熟悉的事物
　都被藏在地平線後。

於是有一種無形的感覺
　潛升自我的四周，
將我像淡霧一樣地裹住，
　因而我喪失了自由。

於是也像座橋，我立於此，
　伸臂向過去和未來，
而腳底不分晝夜在消逝
　流向永恆的現在。

九月二十五日

失樂園

我在夏的樂園中徜徉遊戲，
酩酊於五光和十色；
我似乎在度著靈魂的假期，
如此悠閒而自得。

莫奈，瑞努瓦，梵谷和杜菲
合繪成功的畫面！
生命是豐滿，豪華而壯麗，
在這長夏的花園。

我在園中踏著抒情的步子，
像一個忘返的小孩，
直到清秋，如一位教師，
出現在門口的石階。

九月二十七日

天國的夜市

我仰窺九月燦爛的星空，
神馳於天國繁華的夜市：
一彎玲瓏的岡舵拉泊在
海上的威尼斯。

寬寬的林蔭大道伸向極遠，
道上有朦朧的車塵微揚。
那街頭瞬息萬變的紅綠燈
正閃著奇異的光芒。

然而這究竟已經是初秋，
市容不復有仲夏的盛況；
岡舵拉舟子幽遠的歌聲
已透出幾分淒涼。

九月二十九日

腐儒

腐儒的頭腦是學問的墳墓，
　裡面葬滿了古人：
亂草和厚土頑固地拒絕
　天才的陽光來訪問。

有一天我掘開了這座巨墓，
　想尋找往昔的偉人，
但是只發現成堆的髑髏，
　而不見血肉之身。

十月二日

方向

清晨我欣然向旭日前進，
　看不見自己的影子；
展開在面前是一片風景，
　因而我無暇憂思。

但是另一個寂寞的行人
　卻背著晨曦行走；
他一路俯視自己的陰影，
　而無暇將風景領受。

十月二日

波蘭舞曲

纖纖的十指像一隊敏感的精靈，
在通向天國的大理石階上合舞；
輕叩，輕叩，叩開了天國的重門，
又邀來蕭邦的靈魂和我們暫時同住——
藍的是波蘭的天空，白的是波蘭的雲，
但更難忘的是波蘭芬芳的泥土！
一朵一朵的紫羅蘭，一叢叢的丁香，
爭著開放又飄落，自你的指尖；

還不等我們拾起墜下的花朵，
又有新開的在你的指端湧現。
然後是鏘鏘的數響，天國的重門
一扇扇合上，在蕭邦和我們之間。

民國四十六年三月十七日改定

後記

這是作者的第三本新詩集，包括四十三年，四十四年及四十五年三年間的作品六十二首；其中絕大多數發表在《中央副刊》，其餘的也曾分別刊登在《藍星週刊》、《文學雜誌》、《自由中國》、《幼獅文藝》和《新生副刊》等期刊上。

十二年前，王敬羲兄應邀為某書局主編一套《文華文叢》，將這本集子收在裡面，當時的書名是《魔杯》。記得當時那套文叢一共有十本，相當引人注目，不料廣告登過以後，一直就沒有下文。文壇的風景(literary scene)變化萬端，自己的風格也屢經蛻變，後來的作品一本繼一本結集出版，而這本詩集竟一擱十三年。

十三年，在一個作者的創作歷史上，是一段很長的時間。重讀這些「少作」(juvenilia)，在重溫昔日浪漫的美夢之餘，不免為當日的幼稚感到赧顏。

像〈飲一八四二年葡萄酒〉和〈給惠德曼〉等幾首，發表之初，雖也贏得一些師友的青睞，現在看來，畢竟只能勉強「承先」，斷斷不足奢言「啟後」。所謂「先」，就是新月社的詩人。如果讀者容我厚顏比附，則當時我的處境真有幾分像葉慈，而新月社的一些先驅也有幾分像羅賽蒂、王爾德、道孫。這比擬當然不盡適合，但我的年齡尚有機會讓我上承新月的風流餘緒：晚年的胡適，曾在我英譯《中國新詩選》的慶祝酒會上發表演說，勉勵在場的新詩人繼續努力；葉公超先生是頒給我金手獎的評審委員之一；而梁實秋先生，另一位新月健將，給我的影響更是深遠，不容我一一縷述。從新月出發，我這一代開創了現代詩，正如新月諸賢從古典詩出發，而竟開創了新詩一樣；這原是文學史發展的自然趨勢。

既然如此，也不用為自己的少作護短解嘲了。

民國五十八年五月一日

附錄

台灣頌——〈鵝鑾鼻〉賞析

〈鵝鑾鼻〉與〈西螺大橋〉是余光中早期作品中，經常被相提並論的兩首詩。

因為這兩個地方都是台灣知名景點與地標，詩人親臨該地，即景生情，因情感悟，兩詩性質和形成背景相似，且又都是詩人三十歲前作品，屬同一創作時期，屢被並舉，是很自然的一件事。

不過〈鵝鑾鼻〉於民國六〇年代末、七〇年代初，曾選入國中國文課本，似更為一般年輕學子所知。而推究彼時國立編譯館未收編詩人其他更具代表性的作品為教材，卻獨青睞〈鵝鑾鼻〉一詩，可能是因此詩文字淺近、意象鮮明，且呈現出一種「正確」的政治立場，對青少年學生具「啟發性」之故。

在尚未解嚴的年代，的確，這首以鵝鑾鼻為主題的詩，很容易被欣賞者從意識型態，而非純文學角度加以解讀，因而詩中：

「太平洋洶湧的波浪」一句遂被理解為「暗示世事的詭譎」；（註1）

「蒼茫」、「翻滾」、「直奔向冥冥，寞寞的天涯」的潮水意象，被視為「時局危困」的象徵；

「浩浩的天風」一句被視為「所謂的浩氣」；

「亂髮向前撕開」被指為「化悲憤為力量，劈煩惱為奮鬥，使人前瞻……的動力」；

「北方是濃鬱的森林」則被認為是指台灣「一片欣欣向榮，繁茂蓬勃的生意」；

「一堆一堆沉重的暮靄」亦被引申為「暫時壓制自由正義的時代潮流，遮蔽光明與希望的陰霾」；

「冬晚」則「喻示著新生前的艱困、凜冽、忍耐、等待，以及渴望、盼望」等。

此外，更由於詩末「光明燈塔」的隱喻，以及結語——

一聲歡呼，所有的海客與舟子，
所有魚龍，都欣然向台灣仰望。

彷彿萬眾歡騰、四海歸心的敘述，更令單純寫景抒懷的〈鵝鑾鼻〉一詩，格外予人「台灣頌」的印象。

但事實上，詩人登高望遠，情懷壯闊，此詩所寫也確為「台灣頌」或「鵝鑾鼻頌」，只是詩人筆端所鋪陳的，乃是發自內心的由衷讚美，而非政治立場之宣示或表態。如就文學論文學，那麼，〈鵝鑾鼻〉一詩，實在只是非常單純的寫景詩罷了，寫景之外，中段則穿插了詩人俯臨太平洋、極目騁懷的澎湃感受。

簡言之，縱情奔騰的海浪、燈塔高處的勁風，讓一個二十五歲的文藝青年，湧生巨鷹展翅之詩情壯懷，進而有詩，是很自然的一件事。至於詩中所謂「冬晚的落日」與「星星」，則是彼時海景之寫真，因為詩人自註寫詩日期為十二月九日，恰是初冬時節，故從「一萬匹飄著白鬣的藍馬」到「灰色的雲陣」、「沉重的暮靄」、「遮斷渺渺的眺望」等句出現，正點出時間的推移。

因此我們可以推斷，赴鵝鑾鼻那日，詩人攀上燈塔，自午後至黃昏，流連瞻顧，不捨離去；然後，白日沉寂的燈塔，於黃昏時倏然亮起的瞬間，周遭遊客與船夫曾湧起「一聲歡呼」，因為灼白亮爍的巨大光束，為冬晚灰濛的冰寒水域，帶來了溫暖愉悅、可仰望可依靠的感覺！

——如此親切可喜的「台灣經驗」，從奔騰浩渺的海景，到純樸天真的人情，詩人既一一領略感受，海濱歸來，怎會沒有詩呢？

因此〈鵝鑾鼻〉為一首寫實主義的詩，殆無疑義。

不過此詩畢竟是詩人早期作品，詩中不乏散文化的敘述，結語亦失之太露，有欠含蓄，因此若與詩人風格成熟後作品相較，則〈鵝鑾鼻〉在詩人個人創作史上，應屬紀念意義高於藝術價值。

但即使詩藝發展未臻成熟，詩中對浪與風的描述：

一萬匹飄著白鬣的藍馬，……
這匹銜著那匹的尾巴。……
浩浩的天風從背後撲來，
將我的亂髮向前撕開；

仍令人過目難忘。

這四句詩中，前兩句鮮明生動活潑，詩人日後意象獨造、不同凡響的功力，已初現端倪。「撕開」一句，戲劇性飽滿，力道十足，亦預告了詩人未來陽剛詩風形成的消息。

此外，〈鵝鑾鼻〉亦是詩人生命中第一首燈塔詩，與日後詩人定居西子灣畔、高雄港邊所寫諸燈塔詩，在情境、技法與主題旨趣的呈現上，有很大不同。簡言之，從早期〈鵝鑾鼻〉的飛躍鷹揚，到晚近〈高樓對海〉的平和蒼茫，從「浩浩的天風從背後撲來，／將我的亂髮向前撕開；」到

燈塔是海上的一盞桌燈
桌燈，是桌上的一座燈塔
照著白髮的心事在燈下
起伏如滿滿一海峽風浪……

〈高樓對海〉《高樓對海》

青春壯懷與白髮心事，恰成鮮明對照，而無限曲折滄桑，往事如煙，燈塔既是詩人創作的靈感來源，也是詩人燈下創作默默忠實的見證者、守護者、陪伴者與傾訴對象。如將這些燈塔詩串連起來，詩人四十載心痕屐影可說盡

在其中！

另外，〈鵝鑾鼻〉也是詩人第一首以台灣風土景物為主題的詩，雖是不折不扣的「台灣頌」，但畢竟是從遊客角度出發，與詩人其他寫台灣的詩，尤其「高雄時期」作品相較，尚未在情感上做熱烈的投入，故與〈西螺大橋〉一樣，都不算正宗「台灣情」的鄉土詩。

不過，在「台灣」一詞已漸成一敏感字眼的同時，當所謂鄉土情結已成另一種新意識型態的時候，若以台灣為主題，為什麼一定要「鄉土」，而不能有更遼闊的視野與思考空間，單純、自然、自由地去創作揮灑呢？

超越意識型態的框架，若出自文學的真誠，深受觸動，有感而發，以藝術為依歸，那麼，台灣這個主題，可以，也應該，允許創作者自由地從各種角度切入吧！

選自陳幸蕙《悅讀余光中》(2002)，爾雅出版社（註2）

註1：見柯慶明〈略論余光中的兩首記遊詩〉，《古今文選》新第三三四期，國語日報社。

註2：此篇部分文字，作者於二〇二〇年略有潤飾調整。

無法掩藏的時候

陳肇文／著

生命的所有經歷最終都歸結至情感以及愛。本書收錄了作者醫學院七年學生生涯中的見聞行思，那些點滴凝結成文字，落筆成詩，傳遞歲月遞嬗以及情思的流動。他把心剖開，毫無掩藏，因為那些都是無法掩藏的時候。

白萩詩選

白萩／著

天才詩人白萩，一篇篇文字鮮活、立意創新的詩作，在詩壇激起陣陣驚嘆的漣漪。本書乃白萩《蛾之死》、《風的薔薇》、《天空象徵》三本詩作的精選集，收錄了八十三首創世名詩，每一首皆是跨越時代、膾炙人口的經典之作。

台灣現代文選新詩卷

向陽／編著

本書以台灣新詩發展的導覽與圖為經，百年來詩人的作品為緯，輔以深入的賞析與解讀，凸顯出台灣新詩發展的繁複根源，以及詩人風格的多樣表現。以詩記史，以史鑑詩，反映出當代台灣社會共有的感覺結構與想像。

現代詩的欣賞　周伯乃／著

本書是初版兩冊的合輯，可飽覽作者多年來讀詩、寫詩的心得，以美學、哲學、文學理論和心理學，乃至精神分析學等多面向，對現代詩作品精闢地鑑賞與剖析，作深入淺出的詮釋，帶領讀者挖掘出詩裡的意象與內涵力。

新詩遊樂園　陳美芳／主編

本書為結合中國文學與資優教育專業之創作，內容兼顧新詩的規律與變異，引用數十位詩人近百首詩作，隨文本內容，設計多類型的思考與寫作活動，可經由書中詳實的解說與引導，悠遊於「新詩遊樂園」，歡享新詩的創作與賞析。

談文學　鄭騫等／著

邀請十位來自不同領域的名家，其多元理論見解、深厚的眼識觀點，必能帶領現代讀者探索文學廣博的世界，進行一場感性與理性的對話，「到底文學是什麼？」——與大師一起暢談那些年、那些文學。

國家圖書館出版品預行編目資料

天國的夜市／余光中著.——三版一刷.——臺北市:
三民，2020
面； 公分

ISBN 978-957-14-6786-3 （平裝）

863.51 108023394

集輯

天國的夜市

作　者｜余光中
發 行 人｜劉振強
出 版 者｜三民書局股份有限公司
地　址｜臺北市復興北路 386 號 (復北門市)
臺北市重慶南路一段 61 號 (重南門市)
電　話｜(02)25006600
網　址｜三民網路書店 https://www.sanmin.com.tw

出版日期｜初版一刷 1969 年 5 月
二版二刷 2008 年 8 月
三版一刷 2020 年 4 月
書籍編號｜S850150
ISBN｜978-957-14-6786-3